億万の聖霊よ

藤田博

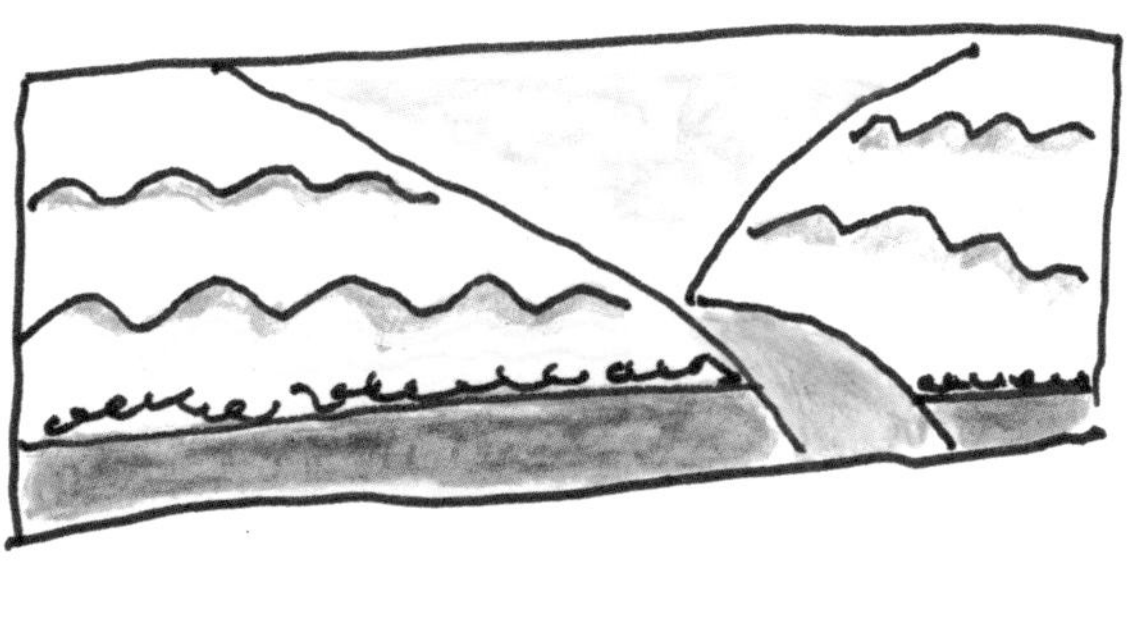

コールサック社

詩集　億万の聖霊よ

目次

Ⅰ　聖橋

Ⅱ　土堤の歌

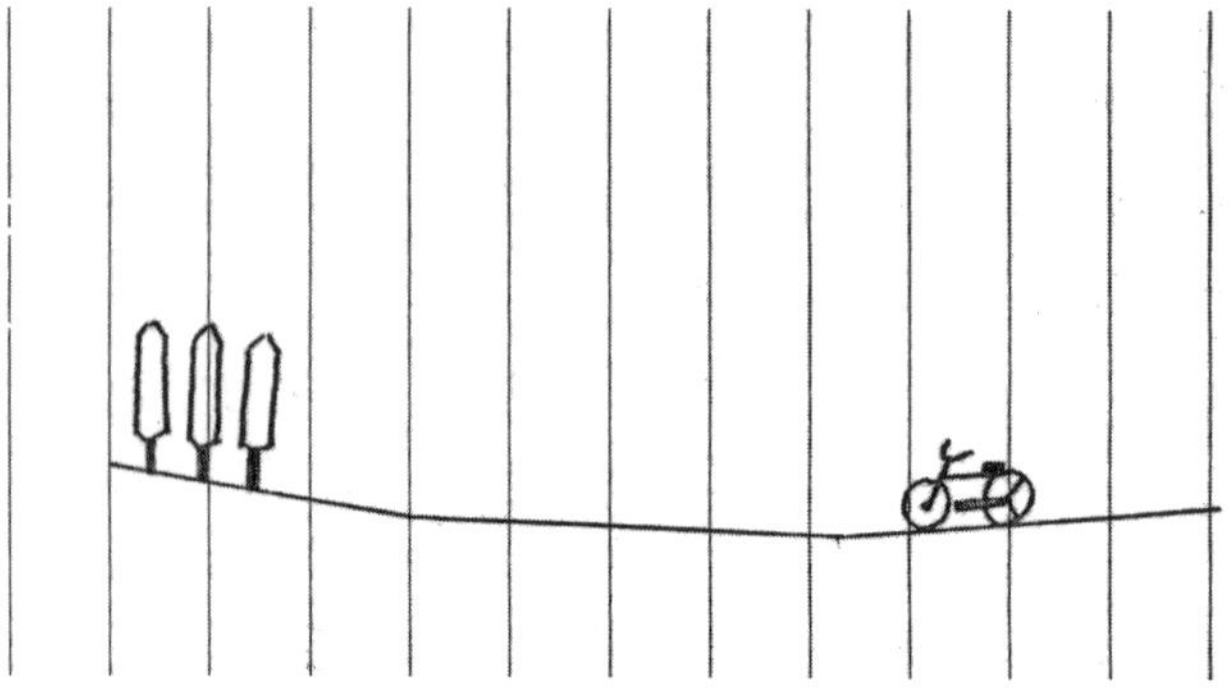

Ⅴ　ある寒気に寄せて

Ⅵ　大空に寄せて

詩集

億万の聖霊よ

藤田　博

I　聖橋

聖橋

澱みはゆったりと流れていく
泰然と跨がる石造りの橋桁の間で
澱みは暗くなり
浮遊する無数の朽葉も
一瞬色を変えて流れていく
天蓋はゆるやかな半円を描き
縁取られた翳りは深遠な重量を湛えて
その巨大な腹の囲りで
風は　落下するように渦巻き

押し出されてはうごめき
うごめいてはしずまり
冷々とした解体の波紋を弄んでいる
八つの刳り貫かれた空洞
聖橋《ひじりばし》——
泰然と跨がる重厚な背の上を
午後に
人々は蟻のように忙しく群がり
中心に向かって突き出した合体の指先は
血に滲んでいる
そうして
人々が
その稀薄の地帯を夥しく踏みしめるとき
私は　ふいに
高みからもう一つの見知らぬ手が

支えるものへの驚きと
支えるものへの優しさのため
祝福の花束をどっさり投げ捨てるのを
見る
青いペガサス——
あるいは
おまえはそれなのか？
ルドンは冬陽に凍り
灰色の大気を青灰色に塗り込め
忍従の白馬は
いまも
背中に日々を乗せ
ひと握りの死を乗せ
時は無言の鐘を鳴らしながら
やわらかい羽毛となって

澱みに零れ落ちていくのだ

水門へ

暗さへ
言い知れぬ暗さへ
あの暗さは
水門の内側の
あれは……
いま　此処《ここ》
陽溜まりの散り零れる
波打ち際に
たわわな巻毛《シニョン》を緩《ほど》き

鈍色《にびいろ》の髪肩に垂らし
泳ぎ行くもの
唇微かに開け
瞳閉じ
吸い込まれ行くもの
君は
渦巻き揺れる風の聲なのか
あるいは
それにつれ
波立つ波紋の悪戯《いたずら》
あそこは　ただ暗く
なにもないのに
無言に乳房震わせ
やわらかに波を切り
泳ぎ着くもの

ああ
遥か
如何なる反響を君は聞く？
如何なる集約が君を抱きすくめようと
ねらうのか？
あそこは　ただ冷たく
なにもないのに
暗さへ
言い知れぬ暗さへ
あの暗さは
水門の内側の
あれは……
塞き止められ
押し出され
行き着く果てもないのに

午後を
仄暗き側翼のほとりに浮かび上がり
流れ止まず
空へ翔び立つ姿勢で
いつまでも佇み続けている
君は……

時

遥かなもの
包みこむもの
捉えがたく
暫くは遠ざかり　こちらをみつめている
味臭はなく　感触を捨て去り
ただ恐ろしい根深さでここに在るもの
たえまなく
火を　土を　水を洗う
洗い落とすひそやかさや躍動の内で

厳然たる祝福の結び目
葬送の帯を解き
久しく愛撫する
自らは久しく愛撫されないのに……
ときに迫り出すような激しさ
ときに優しく吹く風のように
それはわが内に燃える
外を吹き過ぎていく
僕は永遠に洗い流される
いま
この鋭気
生の厳然たる祝福の結び目
やがて
死の葬送の帯を解かれ
時は僕を包み

時は僕を抱き
僕は揺れ
僕は眠り
ある日
ナナカマドの熟した実の中で
しずかに微笑み燃えている
ああ
遥かなもの
包みこむもの
捉えがたく
暫くは遠ざかり　こちらをみつめている
味臭はなく　感触を捨て去り
ただ恐ろしい根深さでここに在るもの

水澄まし

大地の奥底からみなぎり
はりつめ　耐え切れず水面《みなも》にこみあげる
泡のように
浮上する

美しい波紋を整え
しかし
機敏に左右に旋回
星の瞬きのように絶えず闇の中心を光らせ

漕ぐ
身を捩る
追いかけ花火

頭上
ビルの高い窓辺から川面に捨てられる
塵　芥　痰　鼻汁
それらを天の食《じき》に擦り替え
川面に染まり
生命の糧の薄まりゆく間も争い
啄み　啜り　飲み干し　吐き出す
ああ
貪欲な黒い点

駅の錆びついた橋梁の下

大きな緑の澱みを湛えて
胎動する川

その大地に瘡蓋《かさぶた》のように筋つけられた
臭い水の奥底からみなぎり
はりつめ　耐え切れず水面にこみあげる
泡のように
浮上する

美しい波紋を整え
しかし
素早く潜行
潜行する
宇宙の堅い蕾を
しっかりとかき抱き

しずかに
しずかに
また渦巻き花開く
ゆたかな波紋の薔薇を
水面に約束し
……
水面に約束し
……

想い

ぶどうの根が水脈を探るように
人を想うのは尊い
人の生命の水脈を探るのは尊い
水流は地下から地上にあふれ
幹を鍛え　枝をうるおし
か細い蔓を育む

蔓は応えるように青空に瞳を見はり
芽は降り注ぐ陽射しを精一杯飲みこみ

雨　風　嵐の日々を耐え
やがて　ゆたかな丸い房を
弾けるように世界に実らせるだろう

君の根
僕の水流
僕の根
君の水流
この不思議な出会い
このささやかな驚き
この豊潤な対話
ぶどうの根が水脈を探るように
人を想うのは尊い
人の生命の水脈を探るのは尊い

初夏

白樺でふかれたような
古い校舎の壁に
初夏の緑が点火する

人気ない部室
乾いた校庭
弾んで転がるテニスボール
しなうラケット
腕

世界の隅々にまで張りめぐる
熱烈の季節の葉脈は
吹き寄せる透明な風に冷やされ
揺らぐ巨きな樹蔭は
尽きることのない泉のようだ

激しい練習を終え
そこに座り込む少女達の
やわらかい血管にも
季節の葉脈は繊細な汁液を伸ばす

濡れた髪　まぶしいひとみ
あらわな首すじや放り出されたままの足……
ときおりこぼれるほほえみさえも

燃え立つ緑の影に染まり
息づいている
息づいている

Ⅱ　土堤の歌

わが歩み

見送る
遠くの土堤《どて》の
はるかの大気の中に立ち
ゆれやまぬ
一本の樹のやさしさのために
瞳にはこみあげる光の盃をみたし
胸あたたかく
歩みはやわらかくとうめいに
低く

ひとすじの草の道をたどり
道づたい
その緑の影の長くもつれる
小川の水面《みなも》に　思いの小船を乗せ
ゆるやかに　無言のひざがしらを濡らし
しばし
深く天にまぶたを閉じれば
遠ざかる
なだらかな堤を　ひびいてひろがる
こまやかな枝々のしない――
そのかたくなないきづきは
ざわめいて高鳴る　ひとつの祈りを編みあげ
すがしいひとむれの雲をひきよせ
さらにふりしきる光…………肩に浴び
ふいにたたきよせる横なぐりの風の

香り立つ
やくどうの青いうねりに目覚めて
まぶた開け
ただひとり
土堤づたい
しずかに歩みをはこぶ私は
果てしなく高い　天の希薄に
ゆらめいてとけいる
ひとしずくの
憧《こ》がれた　地の火だ

ほほえみ

さあ　ほこりを払いたまえ
君が真実なら
ほほえみのつぼみは瞳に花開いて
つねに
君のものであり
花芯をこぼれる朝露のしずくは
うなじを流れて　胸をひたし
へそをおりて
ゆたかな腿をバラ色に
染めるだろう

肉さえも
とうすいにかきたてるのは
シャボンの匂うスポンジではなく
君のそのほほえみのスポンジ
春
ほほえみが
香りを立てて
君を追い
そのとき
君の歯は
遠くをめぐる
土堤のポプラさえ
愛に組みたてる
かがやく
絹の風だ

瞳 ――初夏に

まぶたの布を開けば
荷車のような土堤は
なだらかな腰を揺すっている
ポプラの濡れた緑の髪は
空に火花の舌を吐き
黒い芯は　群れをなして
立ち尽くす

水と土で編まれたひづめよ

川は
音たてて砂床を踏みしめ
藻の間に見えかくれする
夜の星は
岸辺のあげひばりの巣に
ここちよい光のゆりかごを探りあて
押し流されまいと
瀬音とやりあっている

たったひとつの
橋をわたる

まぶたの布をたたく陽射し……

思わず

閉じれば
布に糸のような火がつき
もえひろがる

心の土堤を焦がす炎よ
透《す》み切った空を抱きこんで
甘い火事に
しばし見とれる

土堤の歌　I

横なびく緑の雲のこころよさ
光はしげみのパンのための火であり
かげはおおらかな地熱のための
青い釜である
こめられたまま
駆け抜ける
ばら色の蒸気
低く微風は舞いおりて盗む
光の火を

やわらかく小鳥は抱きよせて翔びたつ
小さなかげの青い釜……
高鳴る大空の乳に乗り
さらに包み込まれた高みへと
光のパンを誘《いざな》い送るかたい嘴よ
パンは中空の原にあかるくはずみ
クス玉のようにはじけて
橋がふる

　　クワガタがふる

　　　　ロバがふる

倒立したあどけない海が
ひとかけらの夢が
目覚めたほほえみのように　息づいて
おまえの肩に　僕の胸に
あたたかくふりそそぐ

土堤の歌　Ⅱ

明るい日には思え
かわいた緑の視界の中で
低く樹々がゆれている
土堤伝い
かがやく官能のバネよ
光をけちらし
空気をまわす
しずかな腰のいきづきよ
枝々よ

ざわめく葉よ
僕とおまえを息吹いてつなぐ
こころよい緑の距離が
川面の
さざなみと
草いきれの
細い香油の信管を通って
ひとすじに押しよせ
僕の頬をたたき
この遠ざかる車輪を
やさしく泡立てる

おお
そのなつかしい緑の管よ
胎盤の丘をなだれおちる草の波

甘いへそのお
地をはうしめった命の根よ
土堤伝い
僕は行く
僕は急ぐ
この
したたりおちる
大空の海の中
ペダルのなぎさ
を打つ風の泡……
精一杯の視野の果てに
ひざしを
ひきつれて
はずむ
火花の子犬

に見まもられ
僕は行く
僕は去る
そして遠く
流れうずまく
樹々の母は
たえずやさしく立ちどまり
僕に
沁みとおる光の会釈をよせ送る

ふきあがる泉よ
石くれの土からわきたつ
やわらかい
水の奇跡よ
世界は

凝しゅくされた
緑の鞭に
うすかわを
むかれ
あふれる
よろこびの血を
小鳥ののど笛に
太陽の前掛けに
川面の乳房に
注いで
力強く
笑いこだましている

恵

恵《けい》
ネジクギの恵
土堤《どて》の　捨てられた
空罐をたちこめてながれる　現代の輪郭
　腐蝕の霧
削ぎおとされて舞う
　　しなやかなはがね
　　　破片の
　　　　銀粉の

　後姿の
恵
うつくしい恵

土堤の斜面
　刈り取られて腹這う芝草の
黄金の園生を
　低く　秋の車輪がかすめるとき
みちあふれる乳房は
　列柱の影へとすばやく消える
高架の下の列柱
巨大なコンクリートの青いつるくさ――

　隠れる　恵
尖った盗瞳《ぬすみめ》

白く解きはなたれたままの
くびれた脇腹
うつむく
わらわない
樹木のような恵
でも
見送りつづけるそぶりの
はるかのあかるい唇よ

僕は振り向かない
僕はさらに強くペダルを踏む
見上げた青空が
こぼれるように近づく
高く言葉は反り返り
瞳の中をこだまする

恵

ネジクギの恵
ゆらめきたつはがねの肢体
　アジサイの心臓《いのち》よ
　猫のような　やわらかな足裏《あうら》
　恵　つややかな腰
削ぎおとされてなおもしなやかな
　堤の上の
ひかりよ

かがやかしい日

河岸《かわぎし》の
丈低い樹々の根方に
蛇は
すりぬけてうごめくもうひとつの根のように
みどりのさざなみをたてて息吹いてくる
樹々がゆれる
はじめて
骨にまきついた血のくだのよろこびのように
すみずみまで行き届いてうたう

樹液の繊細な二叉《にしゃ》の舌……
息づくままの樹々は
そのとき
地下にかたく身を伏す虫たちにすら
みずみずしく高みへと連れ去られる
神秘の肌膚《きふ》だ

かがやきにみち
すずしいしずもりをたもち
葉かげは
大地が　その地熱で押しあげた
透明なひとしずくのひとみのようだ
そよ風がたち　芳香が花開く
それらのあかるい唇の果て――
音もなく目覚めたバラ色の四肢に

やわらかな果実はたわわに実り
その光沢は
常に新しい予感の誘《いざな》いにしぶくみちている

樹々にはじめて蛇のまきついた日

また
おまえの乳房にも
はじめて何かがまきついた日

かがやかしい日――

河岸の向うに

Ⅲ　億万の聖霊よ

冬のつるくさ

東洋もない　西洋もない
つるくさのくらい管《くだ》が　塀をくだる
鉄線のしなやかなはなやぎが
いきづく茎の細い芯を塡《み》たして
繊細のきわみを尽くした
ふくよかな弧は
立ちどまる足元に
こまやかにながれおちて反りかえる
愛撫し尽くされた女の

背のむだのない曲線のように
ひとすじの弧は　さらに深い沈黙の方《かた》へ
よろこびの襞をひきいれて
かすかに大気に鳴りひびく

灯《ともしび》のような茎の先から
やわらかに整う濃紫《こむらさき》の
黒ずんだ一群れの実——
ゆうやみの孔雀が
いっしゅんに捉えた
みずからの王冠の
漆黒のおごりのように
緑の淵や
緋色の唇が
果皮のやみのおくふかく

愛欲のかがやく岸辺をひいている

おお
冬のきれつをくだる一本のくらいつるくさ
東洋もない　西洋もない
あらわにしたたりおちる命のはなやぎ
エロスの信管は
世界に
あふれやまぬ清水の根をたくましくおろして
人々の貧しい瞳孔の向うで
雲母《きらら》めく潤沢の美の審判を
埃臭い
冬の塀でくりかえしている

光よ

光よ
地につながれたものへの讃美をうたえ
僕らは流浪する樹木だ
あらゆるかたすみが泉だ
そこにこみあげるさびしさやほほえみ
小鳥たちと連れだつ一日《ひとひ》たからかなわらい
あれらは
何と堅固な息吹きであろう
こだまして

夕暮に地の台座へとかえるとき
あたらしく沁みだす緑は
地下に追い立てられたおまえの
花開く神秘の産声ではないのか
光よ
流浪する樹木の
夜のしずけさを思え
夜の泉を洗え
真昼の透《す》んだ高みをうたった
おまえの空に
いま　風は　さざ波の肩をおとして
しずかに
しずかに
おまえのやわらかい接吻を
待ち受けている

転生

柘榴の実があたらしい実を手渡すように
かれらはやさしく見守っている
高みから低みへと滴る無言の光の中で
かれらは試している　かれらは耐えている

ひととせの距《へだた》りのゆたかな水盤の縁に
みちあふれて　此の岸を定める　あまい果皮の光沢の落瀬《おつせ》
みをとじて　彼の岸を掬う　ひそやかな葉濡れの　かたい台座
ときの　巡りやまぬ　掌《たなごころ》のぬくみにいだかれ

かたちをなし　かたちをこえ　いきづく柘榴の修羅場

うちふかくとどろく氾濫の清水に　実はつややかにこぼれて笑う
葉末は　その雲母《きらら》めく笑いの石を噛みくだいて笑い
ゆくすえの　はげしい霧の水脈《みお》をかわいた梢に吹きこんでしずまる
ホクホクと　笑えぬものは　毒づいて地に墜つ
去年《こぞ》の影を噛みころし　一瞬の光をわがみに貫き忘れた咎のために
透明な秋のたかみ　つるべおとしの軀《むくろ》は散る

笑い尽くして食卓に灯る　このはりつめた血の果粒
すこやかなものらの歯列のすずしさのように
ふくめば　清水はさらにとどろいてめぐり
転生の青空は　とろける種のへりに　ふかく澄みわたって
にがい嚥下《えんげ》――無窮の海へと逆まいてかえる
ひとしずくの波濤よ

セーラー服の少女

小暗《おぐら》い聖霊の青い糸に編まれて
みごとに熟れたしなやかな小枝
その迫りあがる乳首の
無言のほとばしりのように
しずかにいきづいて舗道に立つ
紫の房よ
たれこめる甘やかな夕暮の谷間へ
さらにほの暗くきれこむ唇
無明の岸辺をひく切れ長の瞳……

しかし
みちあふれる闇は
おまえを
やわらかく包み込んで退く
うつくしい浮標《ブイ》を撫でる
つめたい泡沫のたわむれのように
おお　おまえ
しんといきづく
流浪の果実よ　紫の房よ
おまえの傍らをながれる
うなだれた
広大な葡萄棚の闇にも
地下の泉につらなる
はげしい生命の結び目がある
汲みあげられた泉が　夜

寡黙の賛歌に
ひめやかに花開くとき
おまえは
おまえのみごとに熟れた小枝を
何処へ結び
誇らかに反り返るのか

薄明

薄明
僕の魂の薄皮に住む聖霊が
解き放たれるとき――
あかるく
そそり立つこだまは
遠く群れひびいて退き
言葉にならないそよぎが
孤独な
灰色の建物の背後にたちのぼる

翼を拡げた
透明な空気よ
あらゆる女の名で僕を呼ぶ
ふしぎなゆらめきよ
大気は反りかえってつぶやき
樹々の縁を競うバラ色の光の房は
梢の間《あわい》を
あまやかに染めてのがれさる

薄明
薄明
しんしんと降りしきる
聖霊の青い空気……
あらゆる性《さが》が

野のくらいそよぎの中にあったとき
うら若いひとつの吐息が
恥じらいの谷間を
ふかい葉むらにかくした
うつくしい未明の秘めごとのように
やわらかな物影をこめ
清冽な大気は
大地をひびいてたちのぼる

薄明
あらゆる女の名で僕を呼ぶ
ふしぎな地平よ
あかるむ広大な大気へ
僕の魂が
音もなく解き放たれるひととき——

鉄条網

何かを仕切るためではない
伸び上るよろこび
ささやかなためらいと
しかし　大地をこみあげる

たかみに
花々は
虹のようにひらくだろう
それを包む蔓草は
緑の葉の羽を拡げて

咲きほこる花弁を
季節のふちに
つややかにとどめる

みずからの光は　くらく
葉蔭にかくし
一夏に伸び上る
秋にちぢみ
くろぐろと網目に枯れ尽くす

照り映えてにぎわう先端から
あたらしく花開く夕闇の虹は
やわらかな火の帯をこまやかに吹き散らして
なだれおちるよろこび
群れ集う
冬枯れの蔓——

花梨

垣根のささやかなたかみが世界を支える
そのたかみの上に命をはる浅みどりの花梨
すずしい小枝のあわいにしみとおった朝霧の乳首から
みなぎってしずまる楕円の神秘

葉むらのやわらかい香気をおしひろげて
なおも香気のうちにみずみずしくとどまる
とおい潤沢の息づきよ

射し込んではじけるこもれ陽の輪は
かたしまる果肉のなめらかな面を
ひめやかに灯して
こころよい青空の岸辺へまいもどる

おぐらくゆらめきたつ地のさざなみ
むれいそいでみちる下生えの冷気よ

透明な朝のひかりは世界の水位を押しあげる
あかるくおしひらかれたたかみへ
ゆるやかにたちのぼるひとすじの香気は
あちこちにかぐわしい蜜の顫音《せんおん》を振り鳴らして
音もなくかき消える

たかみ

ささやかなたかみ
垣根の無限におしひらかれたたかみが僕を支える
そのたかみの上に命をはる浅みどりの花梨
すずしい小枝のあわいにしみとおった朝霧の乳首から
みなぎってしずまる楕円の神秘

蔦

四月は火花をこぼして散り
巨大な橋脚の足下
五月の灰色の明るい谷間に
薄緑の紋章を結ぶ蔦

枯れた下生えの混沌から
あふれる水脈《みお》の口を伝い
みずみずしくおきあがってゆるまぬ
秩序の糸は

文柱の
ひめやかに息づくバラ色の臍《ほぞ》を
こまやかにひたして
横様に花開く

脇腹をめぐるゆるやかな弧の充実
すじひいて降り来る
はるかなたかみからのひかりのさざ波……
四囲に張りつめ
背中《せな》に消え
暗い薄明の谷間で
見えないみどりの交尾を繰り返し
やわらかに花開く
もうひとつの影

季節の透明な血の攪拌の中に
無の縁からこみあげる
ひとすじのよろこび
蔦──
紋章は呼吸する
木の実にふれ
風の舌にたわむれ
巨大な天涯の一点に巣くう
光泡だつ小鳥の
紫の羽毛を
ひとしずくの宝石のように
一瞬に　振り仰ぐ

朝霧

朝の深い霧の中に
沈まりながら
わきたつものがある
大地をこみあげる
旧い意志のように
神社の曲り
ぶどうだなのひろがり
つややかに目のうちをすぎる柿の実
土堤づたい

果樹園の低みからすじひく
つみわらの煙は
やわらかな水色をとばして
かすかに
かすかに
消えゆく先端が
垂れこめる大気の
荘重なものにふれる

すでに垣間見たものは遠景にかえし
僕は歩む
実を振り落とし
そぼ連なる
かの樹々らの幹は
漆黒の太い描線に貫かれてしずまり

こまやかな梢の息づきを
束の間
地平のあわいに
あざやかに指しあぐる
そうして
あれら
黒々とわきかえり
降りたつものらのすべては
胸うちに
なつかしすぎるきらめきをたたえて
僕はまた
瞑目のうちに見送る
ささげかえすのだ
冷々と燃えたつ
はるか

秋の
明滅の襞を……

僕はとどまる
この行きくれたプラットホームの
色のない放電線こそ
かぎりなく僕を輪郭のうちにとどめる
意識の縁に
覚醒の
かわいた生の波間に
音もなく
僕をとじこめる

億万の聖霊よ

わがうちの億万の聖霊がなびく
眼路は樹木の野に直立し
草木の原に倒れ伏す
億万の物象がなびく
照応の香気をくゆらせて
あらゆる風景がきわみのふちに散る
そうしてゆたかにおりかえす
きびしい秋の光よ
わがうちの聖霊は

さらにおくふかい弁別にもえたち
地をこみあげるものらにこたえる
うつくしく水はほとばしる
山はなだれ
岩だなはせりあがり
つる草はこまやかに大気へはらばう
照応の香気をくゆらせて
あらゆる風景がきわみのふちに散る
そうしてゆたかにおりかえす
いざなわれ
かがやかされ
なみうつ億万の聖霊よ
そのとき
ついに
眼路は絶え

ひかりは絶え
数は絶え
秋は絶える
瞑目のうちにめぐる
みたされたものらの
よせかえるひびきに
風景はやわらかくしみわたって
たちのぼるほのかな暗黒が
撫でられた物象のふちを
遠ざかる岸辺のように
洗っている

Ⅳ

Not I was born

Not I was born

産まれ落ちたのではない
生まれてきたのだ
大空の朝にうつくしい手綱を編んで
自らのはげしい意志で　地の卓上に佇むために

空気は地に沁みとおる　秋の午後に
風景は遥か囲われた広場だ　色づくものたちの誇りに
そうして見知らぬたかみから　くっきりと息づき
こまやかな階《きざはし》をつる草はふむ　地をめがけて

十八歳の秋のおまえの　しんと翳る
地上のしなやかな姿勢のように
永遠を押し止めて濡れる噴水のように

深い瞳に　世界はその一滴まであばかれる
そのかぐわしい一葉までも咲き匂う　やわらかな胸に
おまえは一瞬一瞬を　鋭く未来へと択び抜く

秋に寄せて

見知らぬ少女が私を呼ぶ
大気に
淡く
水色の柱が立つように
答えぬ私の背に
梢のたかみから
光の縄が届く
ながれ
俯《うつむ》くままの足元

黒く輝く小石の瞳――
こまやかに
研ぎ澄まされて
息づく
死者の
大地をこみ上げる
輪郭の罠に
私は
盲いた小川のように
身をゆだねる
土の温《ぬく》みの中で
削ぎ落とされた
骨が
もう一度腐る
夏の

巨きな緑の波動の果てから
くっきりと
冷気の籠を下げ
自らの透明な無機質のよろこびを
清水のように
地の床にうたう
死者の秋よ
私は
その
はるかの野辺からのような
かすかな伏流の匂いを愛す
かわいた大気の
気配なき気配を愛す
死者の湧き出す秋よ
泉の取口で

私の唇は濡れ
さらに奥深く探る腕《かいな》に
黄金の飛沫はしずかにあふれこぼれて
汲み尽きぬ暗黒の谷間に
私はただ
声もなく
立ち尽くす

汗する太陽

太陽はすてきだ
金のヒゲで
光をとばし
汗する
球はすてきだ
床にはずみ
空に放心し
弾道と弧と
落下と上昇に

わらいさざめき
時と
肉体が
躍動の中を
こきみよく流れる
思考はないだろう
ちゅうちょもない
あるのは爆発だ
あるのは抵抗だ
あるのは迷路を
一瞬にくぐり抜ける
白い蹴足だ
海だ
戦いは！
どとうの波を

お互いに引きちぎって
なぎさの先陣を競う
よりしぶきたち
あるいは
よりしずかな跳躍が
無音のネットを一気にゆする
海の中から
球は
ふいに突き出される
ボード
バウンド
ボールクッションがリングへと吸いこまれて
見つめられた神秘となる
床!
光ふる日に

雨をよび
雨ふる日に
光をよぶ
涙と笑いはつねに姉妹だ
突進と停止のリボン
おまえが編む
あいつが編む
とおくの方で
軸足の一回転が花開く
床に坐る日に
立ち上がる日に
おまえは
かがやく挑発の瞳に
自らの黄金の太陽をかきまわす
すんなりした足

短く黒い髪
おまえは
汗する太陽
つねに見上げ
つねに水平
つねに見下ろし
ゴールを射抜く
太陽はすてきだ
球はすてきだ
虹を散らして
どこにでも
無心に旅立つ
おおらかさが
すてきだ

樹木に

神々の均衡は常に芽吹く
大気の喧噪を
沈黙へと押し殺して
しずかに見つめ渡せば
はるかはすべて
輪郭に息づく噴水たちだ
水びたしの樹木よ
蹴りあげられたドルフィン
回遊の
青い飛沫が

目の涙腺をへめぐり
弧を洗い尽くすとき
絶縁のつややかな幹が
あたらしい枝葉のざわめきを孕んで
垂直の瞳の中に立ち昇る
乾いた樹木よ
輪郭の放電にせわしい大地のアース
しずかにまた噴水はゆれる
ゆるゆると炸烈する緑のフリル
均衡に濡れる梢に
しみしたたる光はひっそりと囚われ
生殖する下闇の花火が
まるく
あらわに
午後の腕《かいな》に散る

カリヨン

おまえの清らかさのために
夜が大地に解き放たれたように
夜はやがて明け染める光を
たかまる水色の空気へと結ぶよろこびのために
おまえの清らかさを大空へ解き放つ

うつくしいたなごころよ
さわやかに大気はゆりゆれて
そのとどまらぬやわらかな気流の帯に

ひともとしずやかな絹の思いをひたして
はなひらく蕊の群落

カリヨン
たちのぼる垂直の清らかさの内に
みちよせるひびきたちのうみ……
花びらの沈む無窮の時日《ときじつ》を
いままぶしくふりそそぐもの

――昭和女子大で

台風一過

その秋の舗道と
その秋の色づいた皮膚たちの
潤沢のめぐりを渦巻くように
銀杏《いちょう》のやわらかな果皮は
剣と絹のたかやかな風に
かれんな木靴の鈴を打ち揺らす
この空気のみずかがみの中に垂直にあふれて
透明にたちさわぐ宙宇のいのちは
みどりのひもを低く梢にむすんで

先鞭の
ゆたかな熟成の胸襟を
きらきらと大気に返すのだ
季節――
この吊り下げられて息づく
永遠の風車《ふうしゃ》よ
樹間を吹き抜ける芳しい青の血管《ヴェイン》
少女というひとつの実の
群れなす仮託を
さわやかに燃えて
銀杏の灯《ともしび》の果皮は
初秋の
湧き立つ奈落のそよぎをこぼれ
あまやかに
螺旋の振り子を打ち揺らす

海の内陸

晩《おそ》い午前
モルタルの白に
海が貼りついている
海が
純粋な一点の小屋になるために
この内陸の青の大気はある
海が
波とうの
灯《ともしび》のリボンを焚くために

このかわいたつめたいひかりの窓辺はある
モルタルの白の可憐
海が
灯の夜をあかるくひろげる
洗いざらしの
秘め事のようにしぶく
この
こもれくる
かすかな
風と
ひかりの午前に
建物は
舗石は
植込みは
旅過ぐ海の

求心のドライブ
風光の地軸を踏んで
海は
パオのように
布の生理にはためく

中学生

その背はすずしくたちこめる午後のひかりと水に
何かの尾の姿勢のように気高いのだ
母の気配を宿しているので……
それは
裏道の
ふかい樹木にまぶされた
しみとおる灰色の大気である
それは
生垣が自らの息づきに収束し

やわらかに曲りへながれ
足首の鈴がせせらぎにまどろむ
無言の帰路である
秋のうすら日に
母胎は
すりあわされた石臼のように
目覚める
過ぎゆく地膚の扇よ
倉壁はあたたかく迫り立ち
並木は空気の高みに緑の巣藁を束ね
地に影の杖を貫く
トタンタールのかわいたゆらぎ……
その背はすずしくたちこめる午後のひかりと水に
何かの尾の姿勢のように気高いのだ
その背は

間道へ
ひそやかな空気のくぐり戸を抜け
その背は過ぎ
その背は
すみとおる産道の
路地の海に消える

V

ある寒気に寄せて

ある寒気に寄せて

しばし
私は夕闇の寒気の中にゆれ立つ
それは
遠くからの樹木の
降り立つ垂直の心だから
――この私の吐く息が
　自らの死のみとりの中にかき消えるとき――
とつぶやけば
そのつぶやきの中に

世界の星々のひとつも支えをなくし
かき消える

やがて
赤い屋根のようなものは
樹木のふところからながれ
迫り立つだろう
それが
彼らの聖堂の
かなしみの
またたきであるから
そして
彼らは
あのつぶやくものたちに等しい
屋根をもたない

自らのみどりの中に
私のなくしたあのひとつの星すらも
屋根はもたないのか
そのことを知りえぬ
この私の吐く息を追うように
梢は
めぐりくる寒気の慣性の中にめぐって
ゆたかに
小枝を張り出している

彼らの祈りは
つねに
浮遊するものたちの
白い吐息の向うからみちいたり
そのこらされた無音の呼吸は

ゆるやかに
自らの樹皮をたしかめるのか
寒気の芯に至り続けたものたちの
いのちの
あの灯《ともしび》を
人は永劫に追うことはできない
ただ　しばし
そのみどりの火に
手をかざすのだ

雨の中の母性

私は
あなたの球形を信じます
金魚の水槽のように
すこやかな……
ベランダの上の
鉄錆びの
あなたのボンベと
スクリューが
水煙の尾を散らして
匂います

雨だれの中
ひとつの海がとまったように
自らにみちいたる水位の
ほつれ毛のあなたが匂います
濡れひたる
不思議な傘を
まわしています
雨だれの青の信管の中で
ゆらぐいのちの匂いを
外に許して
はじめて
雨の匂いに交わる
あの決意の日の
なつかしさが
たちこめます
中空のベランダに

オリガ・プチャーチナ

雪解けの
黄金のひかりの湯浴みを
うつくしく底に結いとめ
したたるさ青
いずみの取口のままの
ひそやかな命の蕾を
ゆるやかにたゆたわせ
大きくうつむく瞳は
外の

乾いた梢たちのうち振る
かれんな鐘たちのうたを
内室の空気の
ふかい小窓に灯して
しずかにまたたく
オリガ・プチャーチナ……
海風と船足
あざなわれた波浪の
奇しき蕚の果てに
くもりつつ
やわらかに立ち上る
奏音の使者よ
めぐり来る陸風のよろこび
遠く雪解けの大地に息吹く
交響のフリルを

このひらかれた沈黙の
形見の器に挿して
ゆたかなかなしみの花弁は
一会の春を
咲きつぐ

――戸田造船郷土資料博物館で

秋

秋のはじめのくもりの午後は
鉄くずのひかりの蜜を感じる
私が骨組の中へみちる空気で
あることを
果実のようにみっちりと感じるように
秋はうつくしい包囲のひかりの雨を注ぎ
私はやがて自らの
肉の尾の重量《ちょうりょう》……
ねじれるきらめきに耐える

降下する計器よ
針のひとみの中にふるえる
高い風景たちの
収束のみどりよ
試験管は色づく汚だくを揺られ
透明性の垂直は
底落としの花びらに開いて
冷ややかに目覚める
空気の内外
結節の扉へとひかりをたたみこむ
靭帯のありか
こまやかな波動に立ち上るものたちが
いまは
蟻くずの匍匐を遊び
あらゆる皮膚は

その痛覚の地図のほむらに
道ゆきの溝をまかす

重量へ　秋よ
そして私は
夏の暴虐とともに
耕しつづけた
たちのぼる蒸散の鍬を
捨て去らねばならない
重量へ
重量へ
錆びは去る
午をのたうち
赤茶けた
巨大な鉄管のいもむしが

自らの通風の闇に
抱きかかえられて
かえるのだ

ポプラ　I

私は五月の半ばの
迫り上る地熱の中にいる
めばえる
形の甲虫の
空気のうねりの中にいる
鉄と蜜のしみだす
先端の火花の樹皮よ
その洞《うろ》をとどまる
やわらかさの最後のさなぎが

ひとすじにしみとおす
ひるがえりの葉裏
蒸散の大地の池から
たちおこされた帆柱の幹に
きらめきさらめきたつさざなみ
ゆるやかな
みどりの帆布のはためきよ
私はなおも
五月の半ばの
迫り上る地熱の中にいる
出立のガレー船
垂直にたちさわぐ木立は
掠奪の櫂を天へたたき
高やかに
大空への乗船をいざなう

しかし私は
出立を見送る
大地の海波の
うごめく係留の中にいて
太陽からの
盲いた覚醒のひかりをよろこぶ
凪よ
凪よ
うつくしい対岸よ
私のこめかみに宿る火の真空は
宙吊りの楯のように
おまえの
きらめく葉裏の剣先を撫でて
たえず拒絶する
なべてのすずしやかな舞踏を

脈打ちの今は

ポプラ　Ⅱ

すべての樹木が
あふれる風景の中で
すべてを受けいれるわけではない
かき曇る午後の
蒸気の風圧の中に
樹冠は
先端の青い火花を散らして
迫り立つ
絶縁体の放電が
人の内の垂直の

遠い嫌悪のひとみを捉え
光彩の窓辺を
また
はるかな
電圧の地平へと連れ試す

おお
おまえへの
親和の蒸気は
螺旋する熱線の煙突を
巨大な視野へとくるみこむように
高く　苦しい
大地の池にも
鋼状の柵があり
その内部のたまりにも

アメンボの
しずまりゆく内映の炉心
わきたつ波紋への
虹の消化がある

風に
雨に
ひかりに
もっともうつくしい
内燃タールのしずくを耐える
樹木よ
主幹が枝うつ葉むらのひまは
錆びた蒸気機関車の
くずれるほころびのやすらぎにも似て
しかし

ほころびよりもさわやかな
青みどりの清水をあふれこぼして
うねる

私は
貯水のようにふかく
おまえにいたらねばならない
たえずもえきらめく空気の
泥炭と灰がらの向こう
透明な灌水のしたたりへ
このいのちの布をすすぐ
低い
洗い場の岸辺を
やわらかく
うたねばならない

木蓮

闇の広場でひかりのしたたるように
白い花弁にみちるひかりの薄黄《うすぎ》
大地の闇にぬるむ水流のひかりが
幹の天に注ぎ
ひとつのこずえの高みに押しあげられて
凝らされた点鐘のよろこびを
かきならす
観覧の舞よ
めぐるこまやかな樹冠こそ

根しみずのように
青空の青の大地をかきいだき
中天の泉を
たたえるのか
春
足元から天はたかなり
地の青空は　はてしなく
抜けるのだ
天地の球技
木蓮はただ天稟の鋭気にしずまり
まぶしくひかりの水桶をみたして
くみつきぬ昇降の水車《みずぐるま》を
繰りつむぐのだ

シロツメクサ

群落の
白いもすその灯心が
あつい
野辺の
緑のしょく台の上に
燃える
ひらかれて
めぐる
地の胎動の

軌道の上を
やわらかく
きしんで
結い止まったトロッコのように……

ぽつねんの
うつくしい姉妹は
肩辺《かたえ》からくびれおちた
もすその
はしとはしを
点描のように
握る……
少女は
つねに
夕闇の小屋の高みのように

そこに低く
あったのか
裁断のまぶしい風の
落とし子ではなく……

群落のふちの
シルエットの泉よ
ひかりたつ
午後の芝草の庭に
かすかな
推進のたらいを
ひめやかにうかべて
熱線の地の流域
引き綱の曳航を
しばしたのしむ

フラット

横たわる豹の
壁紙の匂いがする
切り離されたフラット
大気からの
黒い木ヤニの
しなやかな梁のしばりが
凍てつく川辺のパドックへ誘《いざな》う
冬は切れる乱雑
部屋の折り重なる調度は

目覚めた円盤《ディスク》
そこに
スパイスのほとりの女が
かわいた肉体の
ブラシの髪をときおろす
内室の空気
調教の虹が放つ湯気
絶縁のグランドに
かたしまる夢は
木椅子のスフィンクスを端座し
賽の目を穿つフラットは
乳暈を吠える小窓に
極北の電圧を駈りたて
白々と
甘く

氷山の煙突はもえる

フラット——アパートのことで、同一階からなる住居

張り出す裸木

大地のたなごころは
根方の要に注ぎ
樹々は無窮の息づきに直立する
その日々をみなぎるふかい樹冠の円周
回廊は断ち切り
屋上の限る短い水平線の上に
張り出す弧の裸木——
頂上の扇よ
降《お》りしきる曇天の

蒸気の日に
たなびく中空の鈍色《にびいろ》
そうして
はるか連なる山巓《さんてん》の低みは
マッス水色のヴェールに包まれ
雪ぬるむ地平の
圏域の静寂をしたたる
山麓からの波動
しずみ込む
稜線の弧よ
うつくしい
水色の櫛の裏打ちのように
重なりたつ山塊は
こまやかにからまる側枝の芽吹き
うすしめる主枝の方円の谷間を沁み

色こい幹をひびき
おお
営巣のカラスの
一瞬の空気を舞いたつ
受粉の交錯を洗う

Ⅵ　大空に寄せて

天幕

稲筵《いなむしろ》が
吊るされた稲筵が
秋の光の中で
永遠の衣となる一日
天幕の予感は始まったという
サーカスのドームの入口で
渦巻くもの
あれらは
数限りない空気の変遷の中で

おびただしい光と闇の裂け目の中で
不滅の灯《ともしび》のようにあたたかくぬくもり
輝いている

人は灯の奥の消息を求めて
大きななつかしみをまさぐるように
ドームの中心へと引き寄せられる
鉄柱の確かさのような曲馬
めくるめく天の曲芸の広場へ
自らの骨髄の中の祭典を
今やわらかく花開かせるように……

しかし
人はかつて
サーカスのドームを張り固める

一枚の布　たよりない……その
見えない一枚の窓辺の衛兵の
集積ではなかったのか
自らの扉を持たない扉
そうして
あれらをふくよかにかき抱き
あれらをひとつに高める
集約の扉

サーカスのドームの入口で
渦巻くもの
あれらは
数限りない空気の変遷の中で
おびただしい光と闇の裂け目の中で
不滅の灯のようにあたたかくぬくもり

輝いている

夕暮れに寄せて

大地から灯された
光の星々にも
大爆発は起こるのか
秋からふかい秋への
推移の谷間に
あらゆる光源の華は
最後の花火を打ち上げ
視野は
めくるめく放射の一瞬の迷路の渦を潜る

闇は自らの巨大な収斂《しゅうれん》の筏《いかだ》に飲まれ
孕み込む世界の骨格の縁取りを手放す
金属が自らの垂直の定位に
目覚めゆく十月の初めの夕暮れよ
咲き誇る光源の海原にしかし
建築のあざやかな輪廓の降下はない
人の目の信管のやわらかな茎を過ぎて
咲き尽くす星々の臨界の踊り場まで
大爆発は散乱のはるかな大地を探るのか
暴発は暴発に躍り上がり
迷路は迷路の彩りを畳み込む

光源が金属の冷えた鉄心に環り
しなやかな輪廓の重量をくっきりと

編み上げる
やがてのまあたらしい夕暮れよ
闇の建築がふたたび大地から咲きほころぶ
秋の光源をとらえる
冴えた星々が夜の胸襟にとまる
それらうつくしい一瞬の
ひらかれた家路のまたたき

少女

壁に自らの影を
木《こ》の実のように刻んで
少女はやがて立ち去るだろう
階《きざはし》の中の歩みがすべてであるように……

秋の匂いのように
ほとばしる泉のように
きびしい木の実の
灰色の円周

そこを踏み台にして
永遠の木の実へと旅立つ者
そこをひかりの裂け目として
あたらしい階の中へと歩み入る者

木の実を抱《いだ》いて
天のはるかさの向うで
永遠の木の実を
灯《ともしび》のようにそっと開くよろこび
木の実は抱かれて
地のはるかさの向うで
永遠への木の実を
灯のようにそっと積み上げるよろこび
それらの
時日《ときじつ》の鐘を与えられた

それぞれの木の実の
きびしい
灰色の円周
打ち鳴らされゆく
音色に　しかし
時日の
何の長短があろう
天使が
自らの旅の距離を
いとわぬように……

世界は
一瞬の
雨だれる窓辺の向うではないのか
そこに

無数の少女が歩みを踏みしめ
そこに
無数の少女が入れ替わる

かわいた秋の匂いよ
ほとばしる泉よ
そこにふちどられた
母胎のような水盤よ
あれらも永遠に
地の豊饒と不毛のディスクを
入れ替え
しめやかに自らを
かき鳴らしているのだ
一滴のしずくに完結がないように
一粒の木の実に捕縛が許されないように……

風のとびら

風のとびらをこじあけよ
風は吹き渡って
また
壮大なものとなるであろう
人は
かけがえもなくきびしい
室内楽であるから
とびらは
ある錯綜の内に

ある混乱の内に
かけわたされることが
あるだろう
ひととき
ときに長く
内なる嵐に耐え抜いて……
人は
内部からの整理であるから
人は
内部からの美しい積木であるから
室内楽はふたたび
聖堂のように完成するだろう
いまだ疼く痛恨の糸を
張りわたして
しかし　それは

風を受け入れる
あたらしい窓辺だ
あたらしい水色の
うるんだゆたかなふるえだ
あたらしい通風の
しなやかな樹木だ
聖堂は
そこにはない
聖堂は
ゆるやかに立ち現れるのだ

風のキイーを受けわたされて
風のとびらをこじあける
やがて
壮大に吹き渡る

カテドラルの風も
小さな庭からの発展では
ないのか
花咲かぬ庭からは
どのような風のくちびるも
生まれはしない
どのような風のしらべも
歌いはしない
一滴の風の蜜の遠さを知り
そのはてなさの闇をあゆんで
ビーキーパーのように
風のとびらをこじあける
風の蜜蜂を舞い放つ

いのちのフロント

おまえのいのちのフロントが
風になびいていればよいのだ
高鳴るものがこみあげさえすれば
よいのだ
おまえのいのちの風向が
やわらかくひらかれていれば
すべての風は
おまえのいのちのふところに落ちるだろう
風車《ふうしゃ》を超えた風車

はちきれるいのちの周遊を
大きくまわして
おまえはそびえたつ
おまえはちんもくの中にさえ
やわらかな空気の花を編む
わきおこる
あたらしい風と結び合う
ひみつのリボンのゆらめきのために……

おまえのいのちのフロントが
おまえさえ知らなかったもののように
風になびいてゆく
地平のはてしないひとめぐりの
もっともゆたかな祝福を受けて……
おまえは丘なのだ

世界でもっとも高い山容
そのほとばしる大空への
驚異のまなざしのために
その人々の大地での活計への
もっともはるかな透《す》み通る
窓辺となって……

嵐は風ではない
おまえのいのちのフロントを吹き荒れて
おまえのいのちの扉の苗床を
たがやす痛い麦の穂だ
おまえのいのちのフロントに
やがて静穏の清水となってそれは
吸い込まれるであろう
おまえのいのちのフロントは

あたらしい実り
さわやかなひかりの渦となって
輝きわたるだろう
そのさわやかなふところの
ふかぶかとした息づきのために
あわあわとあおあおと
すべての風を呼び寄せて……

おお
寄せ来るものの
岸辺となるよろこび
岸辺は
あたらしい風のための
あたらしい岸辺を次々と
花園のように

広野に解き放つだろう
おまえのいのちのフロントが
不滅の風の蜜蜂に運ばれた
一瞬の花粉のふるえのように
蜜房の芳香に
みたされゆくために……

大空に寄せて

大空の脱皮は
羽毛のように
聖堂にふりそそぐ
うららかな
ひかりの洪水の果てに
聖杯のたかみはあふれて
羽化の舞
空気のそではほはなやかに捨てられ
ながれるもすそは

あたらしいはるかな天がいを交さくさせる
青のふかみだ
屹立の影の台座が
ときのいってきの中に
ゆるやかに編みあげたもの
バラ窓をたかなり
バラ窓を超えて
等しやかに
しかし
きびしい領地に
うつくしく散乱するもの
食卓のひびきは　一瞬
大地の伏流の木目にのる
もられた果実の
あまくすずしやかなかがり火の

たなごころの内の
とうめいなぬくみよ
ぬくみのほとりは
ふたたび
柱ろうの
しなやかな尖端を
はらんで
航行する
泉の不思議さよ
中庭の
やわらかなしたたりは
沈もくのりゅうりを語らず
ただ
こみあげるものの
一切のかがやかしい方位を

切りひらいて
花びらの内の
みずみずしい花びらを
吹き散らす
せいじゃくの
風の歩みの果てに
打ち抜かれた
こまやかなそよぎの
はてない地平のくちびるよ

解説

「みどりの火」という聖霊に手をかざす人

藤田博詩集『億万の聖霊よ』に寄せて

鈴木比佐雄

1

藤田博氏の詩篇には、聖なるものに促された純粋な言葉が紙面で奏でられていて、静かに内面の奥から湧き上がってくる音楽性を感ずる。と同時にその詩的言語が紡ぎだすものは、命あるものの切実な光景を発見し、それを色彩豊かで躍動的なイメージに展開させてくれる。この聖なるものを奏でる音楽性と命あるものの想像的な絵画性が相互に関係し合う白熱する舞台が、藤田氏の詩的言語の世界なのだろう。

そのような藤田博氏の第六詩集『億万の聖霊よ』が刊行された。実はこの詩集は一九八四年に第二詩集『冬の動物園』が刊行された後に、このタイトル『億万の聖霊よ』で第三詩集として構想されていたという。しかし他のテーマの詩集が先行し、今回ようやく編集がまとまり刊行することができたと聞いている。その意味ではこの「聖霊」をテーマとした長年の試みは藤田氏にとってとても重要な課題であったのだろう。
本詩集は六章に分かれ合計四十七篇から構成されている。Ⅰ章「聖橋」六篇の冒頭の詩「聖橋」は、特に藤田氏の詩の魅力を伝えている。

《澱みはゆったりと流れていく／泰然と跨がる石造りの橋桁の間で／澱みは暗くなり／浮遊する無数の朽葉も／一瞬色を変えて流れていく》

タイトルの「聖橋」は一九二七年に開通した関東大震災復興橋梁であり、橋の北側に湯島聖堂、南側にニコライ堂と二つの聖堂を結ぶアーチ形の橋だ。たぶん読書家の藤田氏は、古本屋街に向かう御茶ノ水駅のホームから、神田川に架かる「聖橋」を眺めていてその光景にあこがれを持った。この詩は遠くから眺めて想像力を駆使して書かれたのかも知れない。しかし私には藤田氏がある時に船に乗って「聖橋」を身近に見たいと願い、船に乗り「澱み」の「無数の朽葉」が漂うゆったりした流れが「一瞬色を変える」様を見て、その不思議な魅力を川面の近くで実際に観察して記したのかも知れないと感じられるのだ。

《天蓋はゆるやかな半円を描き／縁取られた翳りは深遠な重量を湛えて／その巨

大な腹の囲りで／凪は　落下するように渦巻き／押し出されてはうごめき／うごめいてはしずまり／冷々とした解体の波紋を弄んでいる》

この「天蓋」とは、たぶん神田川を漕ぎゆく船人たちがアーチ型を下から見上げる時に感じた、屋根のような「天蓋」という「聖橋」の裏側のことなのかも知れない。そのコンクリート製の半円によって「凪は　落下するように渦巻き」、何か「解体の波紋」をおこしていたのだろう。この不思議な描写などはとてもリアリティがあり、三鷹市の井の頭池に源を発する神田川のゆったりした流れに乗った船から「聖橋」を見上げたように思われるのだ。

《八つの刳り貫かれた空洞／聖橋――／泰然と跨がる重厚な背の上を／午後に／人々は蟻のように忙しく群がり／中心に向かって突き出した合体の指先は／血に滲んでいる》

「八つの刳り貫かれた空洞」とは左右の脚部分に四つずつの小アームが刳り貫かれていて、芸術性のある装飾性アーチだと多くの人びとに愛され、藤田氏も魅せられた一人なのだろう。しかしそれと同時に藤田氏の意識は見上げる視線から、地上の

「聖橋」の上を忙しく行き交う人々の群がりを橋上に立つ視線に転換し、この橋を実際に両側から架けた多くの人々の労苦を想像し、湯島聖堂やニコライ堂に向かい聖なるものに祈りをささげなければならない現世で思い悩む人々の内面を思いやることを、「合体の指先は血に滲んでいる」と表現したのかも知れない。その意味では藤田氏は川面から地上への複眼的な視線でこの詩を展開していることが理解できる。

《そうして／人々が／その稀薄の地帯を夥しく踏みしめるとき／私は　ふいに／高みからもう一つの見知らぬ手が／支えるものへの驚きと／支えるものへの優しさのため／祝福の花束をどっさり投げ捨てるのを／見る／青いペガサス――／あるいは／おまえはそれなのか？／ルドンは冬陽に凍り／灰色の大気を青灰色に塗り込め／忍従の白馬は／いまも／背中に日々を乗せ／ひと握りの死を乗せ／時は無言の鐘を鳴らしながら／やわらかい羽毛となって／澱みに零れ落ちていくのだ》

さらに藤田氏の複眼的な視線は地上から天空の視線に垂直に移動する。「高みからもう一つの見知らぬ手が／支えるものへの驚きと／支えるものへの優しさのため／祝福の花束をどっさり投げ捨てるのを／見る」のだ。藤田氏の見てしまった「見知らぬ手」こそが、この「聖橋」を創り今も維持している「支えるもの」に対して、「驚き」と「優しさ」という讃美を捧げて、「祝福の花束」を降らせるのだろう。

その時に藤田氏には、見えないものを幻視した画家ルドンが描いた「ペガサスにのるミューズ」や「ペガサス、岩上の馬」などの絵画が想起されたに違いない。しかし藤田氏はそんな神話のペガサスを彼方に見送るのではなく、「忍従の白馬」としてまず地上に甦らせる。そしてそのペガサスを「背中に日々を乗せ／ひと握りの死を乗せ」るものとして此方に見送るのだろう。気が付くと何もなかったように、船人の一人が初めに見つめた「澱み」に「時は無言の鐘を鳴らしながら／やわらかい羽毛となって／澱みに零れ落ちていくのだ」と締めくくるのだ。

冒頭に「この聖なるものの音楽性と命あるものの想像的なイメージが相互に関係し合う白熱する舞台が、藤田氏の詩的言語の世界なのだろう」と記したが、この「聖橋」一篇を読解するだけでも頷けるかも知れない。藤田氏の詩は根底にはリアリズムの視線があるが、世界の生きものたちがその場所で生き抜いている姿やその痕跡から霊感を得て、それを聖霊のように想像力で感じ取り異次元の詩的表現に変換する魂の技法なのかも知れない。

2

Ⅰ章「聖橋」には、その他に水の多様性を記した五篇の詩がある。「水門へ」では「空へ翔び立つ姿勢で／いつまでも佇み続けている／君は……」。「時」では「たえまなく／火を　土を　水を洗う」。「水澄まし」では「美しい波紋を整え／しかし／素早く潜行」。「想い」では「人の生命の水脈を探るのは尊い」。「初夏」では「揺らぐ巨きな樹蔭は／尽きることのない泉のようだ」。このように藤田氏は、この瞬間が生の盛りである存在者の在りかから呼ばれてそれを詩に刻んでいるように思われる。

Ⅱ章「土堤の歌」には、故郷山梨の笛吹川などの土手を歩きながら、あるいは自転車で通過しながら、聖なるものへの思いを記した「わが歩み」、「ほほえみ」、「瞳――初夏に」、「土堤の歌　Ⅰ」、「土堤の歌　Ⅱ」、「恵」、「かがやかしい日」の七篇の詩がある。その中の冒頭の詩「わが歩み」では「しずかに歩みをはこぶ私は／果てしなく高い　天の希薄に／ゆらめいてとけいる／ひとしずくの／憧《こ》がれた　地の火だ」と、土手を歩きながら、天空に溶けていくような感覚に襲われて、自らを「地の火」であると命の根源に触れていく。

Ⅲ章の「億万の聖霊よ」には、神の息吹とも言われる「聖霊」を、故郷の自然の中で生かされるものたちに感じ取っていく「冬のつるくさ」、「光よ」、「転生」、「セーラー服の少女」、「薄明」、「鉄条網」、「花梨」、「蔦」、「朝霧」、「億万の聖霊よ」の十篇の詩がある。その中の最後の詩「億万の聖霊よ」では「わがうちの億万の聖霊がなびく／眼路は樹木の野に直立し／草木の原に倒れ伏す／億万の物象がなびく／照応の香気をくゆらせて／あらゆる風景がきわみのふちに散る／そうしてゆたかにおりかえす」と最初に記す。藤田氏は「わがうちの億万の精霊」と言い、内面には「億万の精霊」が宿っていて、それ故に視界で見えるものすべてに「聖霊」を見出し、内部と外部は照応し合っていて「照応の香気」が匂ってくるのだとも言う。藤田氏の「聖霊」は一神教に収斂されるキリスト教の父なる神、神の子イエス、聖霊という三位一体の中の「聖霊」ともつながっているが、むしろキリスト教以前のもっと根源的な森羅万象に「聖霊」が宿るという、どこか土俗的な「聖霊」のように思われてくる。

Ⅳ章「Not I was born」には、生の根源を問い続ける「Not I was born」、「秋に寄せて」、「汗する太陽」、「樹木に」、「カリヨン」、「台風一過」、「海の内陸」、「中学生」の八篇の詩がある。英語教師であった藤田氏は冒頭の詩「Not I was born」では「産まれ落ちたのではない／生まれてきたのだ」という最初の二行で生きる意味を激しく問いかけている。

Ⅴ章「ある寒気に寄せて」では、「ある寒気に寄せて」、「雨の中の母性」、「オリガ・プチャーチナ」、「秋」、「ポプラ　Ⅰ」、「ポプラ　Ⅱ」、「木蓮」、「シロツメクサ」、「フラット」、「張り出す裸木」など十篇の詩がある。冒頭の詩「ある寒気に寄せて」では「寒気の芯に至り続けたものたちの／いのちの／あの灯を／人は永劫に追うことはできない／ただ　しばし／そのみどりの火に／手をかざすのだ」と自らの有限性を意識するが、生きることが「みどりの火に／手をかざす」行為なのだと告げている。ある意味で「聖霊」とはこの「みどりの火」であり、それから試されることなのかも知れない。

Ⅵ章「大空に寄せて」では、「天幕」、「夕暮れに寄せて」、「少女」、「風のとびら」、「いのちのフロント」、「大空に寄せて」の六篇の詩がある。最後の詩「大空に寄せて」では最初の三行「大空の脱皮は／羽毛のように／聖堂にふりそそぐ」を読むと、詩集冒頭の詩「聖橋」に立ち還っていくような思いに駆られてくる。この「羽毛」は「青いペガサス」であり、「忍従の白馬」なのであろう。私たちはどのようにも読解することが可能な詩になっている。

それら四十七篇の全てにおいて、藤田氏は多様で一回限りの「聖霊」の息遣いを複眼的に鋭く感じ取って、音楽的に絵画的に自らの魂の赴くままに表現しようと試みている。

あとがき

盆地の自然は、光と闇の集積地として多様で濃密である。甲府盆地の底棲動物のように、長らくそこに暮らしてきた私は、鋭敏な触角を育まれ、光と闇の方位や、垂直性・平面性に捕らわれ続ける生理を身に付けてきた。盆地は立体のオブジェである。盆地は立体の音楽である。四季は、そこを、風のようにきびしく、あたたかく、やわらかく、さわやかに通過する。何物でもない大いなる何かであるかのように。そのとき万物は、聖霊となって躍動する。何物でもない山河、樹々、花々。誰でもない人々。人々の裡に棲む誰でもない何か。たとえば少年。たとえば少女。あるいは、それらを超越した何か。それらすべての、エロスとタナトスを秘めた聖霊に支えられ、言葉は、音符となって湧き出る。

ジーニアス・ロウキ（地霊）は、盆地の内外に満ちあふれている。触角はそれらを感知する。それらと交感する。それらを宝物のように抱いて、そこを去る。あたらしい物象、あたらしい言葉の音楽を生むために。

詩は、記憶の華である。記憶のよろこびである。いつまでも、盆地という殻を被った蝸牛のような存在であり続けたい。殻は、天空という軸に支えられた迷宮であるから。殻は、大地という胎盤に支えられた子宮でもあるから。詩という銀の航跡を曳いて、ゆっくり歩み続けられたらいいと思う。

本詩集の作品の大半は、詩誌「日本未来派」に発表したものである。一部に、詩誌「焰」に発表したものと、未発表のものも含まれている。本詩集を編むにあたって、コールサック社の鈴木比佐雄氏、校正校閲の座馬寛彦氏・羽島貝氏には、並々ならぬ御助力を賜り、心より厚く感謝と御礼を申し上げます。

令和五年二月

藤田　博

著者略歴

藤田博（ふじた　ひろむ）

1950年　山梨県甲府市生まれ
詩誌「日本未来派」同人、詩誌「焔」同人、
詩誌「あうん」同人、風立つ高原の文芸誌「ぜぴゅろす」同人

［著書］
1980年　詩集『並木　クララの幻影』（峡南堂印刷所）
1984年　詩集『冬の動物園』（思潮社）
2006年　詩集『アンリ　ルソーよ』（三元社）
2007年　詩集『マリー』（三元社）
2010年　詩集『リラ　立原道造に寄せて』（三元社）
2023年　詩集『億万の聖霊よ』（コールサック社）

［住所］
〒400-0835
山梨県甲府市下鍛冶屋町964

詩集　億万の聖霊よ

2023年6月18日初版発行
著　者　　　　藤田博
編集・発行者　鈴木比佐雄
発行所　株式会社 コールサック社
〒173-0004　東京都板橋区板橋2-63-4-209
電話 03-5944-3258　FAX 03-5944-3238
suzuki@coal-sack.com　http://www.coal-sack.com
郵便振替　00180-4-741802
印刷管理　（株）コールサック社　制作部

装幀　松本菜央

落丁本・乱丁本はお取り替えいたします。
ISBN978-4-86435-565-0　C0092　￥2500E